COLLECTION

BREAKING FAKE NEWS

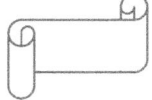

GÉRALD SERAI

BREAKING FAKE NEWS

Saison 1 : printemps 2021

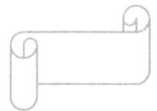

© 2021, Gérald Serai

Édition : BoD – Books on Demand,

12/14 rond-point des Champs-Élysées, 75008 Paris

Impression : BoD - Books on Demand, Norderstedt, Allemagne

ISBN : 978-2-3224-0263-2

Dépôtlégal : Décembre 2021.

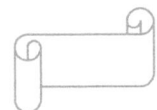

Retrouvez les chansons parodiques,
revues de presse décalées
et détournements de vidéos de Gérald
SERAI sur sa chaîne YouTube !

https://youtube.com/user/geraldserai

Retrouvez tout son univers et
suivez toute son actualité sur:
www.geraldserai.fr

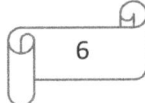

BIBLIOGRAPHIE DE CHARLES ANCÉ

- *Le Sang des Pommes* – roman 2013

- *Ciel de Bennes* – roman 2015

- *Le Rayon N* – bande dessinée 2017

- *Le Sang des Pommes* – bande dessinée 2018

- *Les Huns sur les autres* – bande dessinée 2019

Les romans comme les bandes dessinées sont publiés par **Néreïah**.

Retrouvez-les sur le site de l'éditeur : Néreïah éditions (nereiah.com)

PREFACE

Dans la préface du tome 2 des *Breaking Fake News*, je vous parlerai du talent exceptionnel de Gérald Serai et de sa manière de travailler. Je devrais dire *des talents*, car ils sont nombreux, et tous développés de manière hors-norme.

Il écrit lui-même tous ses textes, il a l'oreille absolue et chante magnifiquement, il est imitateur, il a une vivacité d'esprit que je n'ai rencontrée chez personne, et possède une culture générale si vaste qu'il peut aborder tous les sujets possibles sans avoir besoin de faire de recherches. Que demander de plus ?

Mais pour présenter ce premier recueil de brèves, je voudrais vous dire à quel point j'admire deux autres traits de la personnalité de Gérald Serai : c'est à la fois un homme libre et un homme de convictions.

De nos jours, 80 % des humoristes français ne traitent que de la vie quotidienne et de la vie sexuelle. C'est lisse, c'est plat, cela peut être parfois distrayant mais… cela nous

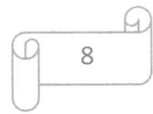

apporte-t-i quelque chose ? Cela nous incite-t-il à réfléchir, à remettre nos idées en question, à analyser le monde dans lequel nous vivons ? Cela nous permet-il de mieux comprendre ce monde ? Non.

Les humoristes qui ont donné à Gérald Serai l'envie d'en devenir un, sont ceux qui ont été célèbres dans les années 1970 et 1980, de Desproges aux Inconnus, en passant par Coluche, Roucas et son Bébête Show, le programme des Guignols de l'Info. Impossible bien sûr de tous les nommer.
Tous ces « comiques » qui, eux, se permettaient de rire de tout. Rire des politiciens, des vedettes du show-business, de l'actualité française et internationale, des différentes classes sociales, etc. Ainsi, ils nous livraient leur vision de l'époque, et que l'on soit d'accord ou non avec eux, on s'amusait, on nuançait, on tournait tout en dérision, tout en réfléchissant. Ils faisaient office de chroniqueurs, de journalistes, d'archivistes. De témoins à l'esprit critique aiguisé.

Au cours de ces décennies, toute la population comprenait que lorsqu'ils semblaient se moquer de tel personnage public, de telle catégorie sociale ou de tel peuple, il s'agissait en réalité de second degré. Il n'y avait aucune méchanceté gratuite, uniquement un art consommé de la caricature. Les politiciens ou célébrités étaient ravis d'avoir leur marionnette aux Guignols (on parlait d'eux !), les spectateurs, qu'ils soient de droite, de gauche, blancs, noirs, catholiques ou juifs étaient hilares lorsqu'on s'en prenait à leurs représentants – ils n'y voyaient aucun mal ! – les téléspectateurs se reconnaissaient dans les différentes couches de la société caricaturées (et très finement observées) par les Inconnus et en riaient aux larmes. Mais… tout a changé.

Tout le monde s'accorde à dire que ces humoristes-là n'auraient jamais pu exercer leur art de nos jours – ils sont les premiers à le clamer. Ainsi, Didier Bourdon a-t-il chanté « On peuplu rien dire » en 2005 – chanson dans laquelle il défendait, humour au poing, la liberté d'expression.

Ainsi, même les meilleurs témoins de notre époque ont été, en fin d'année académique, muselés. Par exemple, Nicolas Canteloup et ses auteurs, qui ne peuvent plus s'exprimer à la radio. Ou le si talentueux dessinateur de presse Gros. Avant eux, les Guignols de l'Info avaient été supprimés.

Car la censure est omniprésente, plus radicale que jamais. La censure officielle, la censure des réseaux sociaux, la censure populaire.

Gérald Serai, lui, préfère affronter cette censure, recevoir de plein fouet injures et menaces, se faire critiquer sans

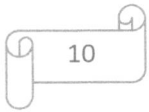

cesse, cela car, comme ceux qu'il admire, il se permet de rire de tout (toute information est prétexte pour lui à nous amuser.) Et à donner son opinion lorsqu'il s'agit de politique ou d'évolution sociétale (opinion qui n'engage que lui, qu'il n'impose pas.) Cela demande un immense courage.

Pour lutter contre la censure officielle, il doit reposter maintes et maintes fois les brèves ou les chansons qui déplaisent et sont supprimées sur les réseaux sociaux. Jamais il n'a abandonné. Il a aussi subi bien pire. Il a résisté à toutes les formes de pression. Il a dit « non » à tous les professionnels qui, voyant sa carrière naissante en péril, lui recommandaient d'écrire sur la vie quotidienne: solution de facilité, pourtant, il serait monté sur les planches tout de suite.

Mais non. Il ne s'est jamais renié lui-même, n'a jamais modifié d'un iota une phrase publiée, a continué à affirmer ses convictions.

Il veut continuer à s'exprimer librement, sur tous les sujets, sur tout le monde.

Et bien entendu, il le fait dans un état d'esprit que chacun devrait partager : il est ouvert à la discussion, aime avant tout la réflexion et le sens de la nuance (celui du bon sens !), rejette les extrémismes de toutes sortes et leurs préjugés à l'emporte-pièce.

Fort heureusement, il a été encouragé dans ce sens par quelques journalistes, producteurs, directeurs de médias, qui étaient avant tout éblouis par son talent. Réconfort immense, pour lui d'abord, pour nous par ricochet !

Et sur les réseaux, il est suivi par d'innombrables personnes partageant sa conception de la vie : elle est décidément beaucoup plus agréable, détendue et intéressante lorsqu'on la regarde avec humour.

Vous vous en rendrez compte en dégustant ou dévorant ce livre : Gérald Serai est un homme libre, intègre, tournant le monde en dérision pour mieux nous en montrer les différentes facettes, et nous permettre de nous sentir plus détendus, plus heureux.

Ariane PERDIGAL

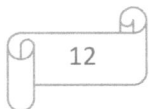

COVID

- Avec cette pandémie, un groupe revient à la mode :
  Assez de décès.

- COVID-19 : La conférence de presse de Jean Castex et
  Olivier Véran reportée à 19h00.

  Le Président de la République souhaite prendre le temps
  de trouver les mesures les mieux adaptées à chaque
  territoire.

  Il a bien conscience que la stratégie inefficace et la
  communication calamiteuse de l'exécutif mais ne
  l'avouera évidemment pas.

  Saison du melon et échéances électorales obligent.

  Alors, pour ne pas perdre la face, mais donner
  néanmoins l'illusion de faire quelque chose d'utile, le
  Président Macron a été très clair avec ses Ministres :

  « Il va falloir jouer au con, finement ».

- Les effets secondaires des vaccins expliqués aux enfants
  dans le prochain numéro du magazine *Astrapire*.

- « Nous sommes en guerre contre le virus, et toutes les armes sont bonnes, y compris le vaccin AstraZeneca » selon Emmanuel Macron.

  Olivier Véran a aussitôt relancé la vaccination en s'écriant : « Caillot, Messire, Caillot ! »

- Les enquêteurs de la mission de l'Organisation Mondiale de la Santé, envoyés en Chine pour tenter d'élucider l'origine de la COVID-19, ont désormais un nom.

  Les Sherlock OMS.

- Un confinement où l'on peut sortir sans limite de durée, c'est ça l'heureux confinement.

- COVID-19 - AstraZeneca : la vaccination va reprendre seulement pour les plus de 55 ans.

  Il ne nous restera bientôt plus que nos vieux pour pleurer.

- Jean Castex a reçu sa première dose du vaccin AstraZeneca il y a environ une heure.

  Espérons qu'il ne lui arrivera rien, autrement il sera le Premier Sinistre de la campagne de vaccination.

- 16 départements reconfinés mais avec des chocolatiers qui, en vue de Pâques, pourront rester ouverts.

  Vous ne trouvez pas qu'il y a quelque chose qui cloche ?

- C'est le 20 mars, on dit au revoir à l'Hiver.

  Mais cette année encore, fermeture des commerces non-essentiels oblige, on ne pourra pas profiter du Printemps.

- Le Gouvernement veut responsabiliser chaque français dans la lutte contre la COVID-19.

  Désormais après avoir fait votre autotest, vous auto-isolerez, vous auto-remplirez votre arrêt de travail, vous vous auto-administrerez des médicaments auto-prescrits. Et si ce a tourne mal vous serez auto-hospitalisé à domicile ou vous vous auto- réanimerez.

  C'est sûr cette année ce sera le Salon de l'Auto.

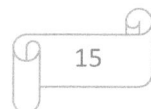

- Le couvre-feu repoussé à 19h00 à partir de samedi, laissera ainsi plus de temps pour faire ses courses en sortant du boulot, selon FileAuShopi Magazine.

- Supprimer l'attestation alors qu'on est en confinement, c'est joindre l'inutile à l'ingérable.

- Fleuristes et Jardineries restent ouverts pendant le confinement.

  On ne sait pas si la Foire de Paris pourra se tenir, mais au moins on aura toujours le Concours l'Épine.

- Les Hauts-de-France reconfinés.

  C'est ce qu'on appelle un coron à virus.

- Les animaleries peuvent elles aussi rester ouvertes dans les 16 départements reconfinés.

  Chat c'est chouette, la chance nous souris, on va enfin pouvoir aller prendre lapereau avec sa belette sans devoir noyer le poisson.

- Qui dit confinement dit retour des jeux de société :

  Déjà plus d'un an que l'on joue à Pandemic… Risk et le Dr. Maboul, on oublie aussi, on a déjà donné.

  Le Gouvernement joue au Menteur et aux Échecs.

  Sans oublier le Jeu de Go sanitaire sur la carte de France.

  On joue à Times Up pour essayer de deviner les consignes sanitaires présentées par Jean Castex.

  Quand ce n'est pas à Dixit pour trouver l'attestation qui se rapproche le plus des mesures annoncées…

  Macron joue à Taboo et ne doit pas dire confinement.

  Les joueurs du PSG, eux, sont plus Bonne Paye.

  Pendant ce temps-là DSK joue aux Dames.

  Et au Scrabble, « confinement » est devenu mot compte triple.

- Le mouvement de contestation de personnes refusant de sortir avec une attestation prend de l'ampleur.

  Paraît que lors de leurs sorties ils entonnent le chant des partis sans.

- Allègement du protocole dans les maisons de retraite.

  On se dirige vers une réouverture de ces maisons closes.

- Vaccins à destination de la Grande-Bretagne bloqués aux Pays-Bas.

  Boris Johnson réagit : « Ils ne manquent polder. »

- Certains portent le masque seuls dans leur voiture depuis qu'on leur a dit que le virus circule.

- Mauvais choix. Festivals et Cancers Déprogrammés.

- Ouverture généralisée de vaccinodrones.

  La Campagne de vaccination va enfin pouvoir décoller.

- Précarité et COVID.

  Les patients de plus en plus jeûnes.

- Foule Vaccinale :

  Alain Souchon a sorti une nouvelle version de Foule Sentimentale, dont voici quelques extraits :

  On nous promet du Pfizer, On accélère tous les heures, Ah le mal qu'on peut nous faire, En nous confinant pour prendre l'air. Alors on nous bassine, Bien plus qu'un nous vaccine, Pas de vaccins dans les armoires, Décision de mous. dérisoires.

- 22 décès dans une maison de retraite au Luxembourg.

  Les vieux en état de chnoque.

- Restrictions pour Pâques, le Gouvernement marche sur des œufs.

- Les vétérinaires vont pouvoir vacciner contre la COVID-19.

  Pas sûr que Papy et Mamie apprécient si on les emmène se faire piquer.

- Le Gouvernement incite les Français à s'aérer dehors mais les oxygènera à domicile s'ils tombent malade.

  Ça c'est de la co-errance.

- Stratégie Serrault COVID :

  Le tourisme est interdit mais vous pouvez toujours viager.

- Disneyland Vaccinodrome.

  Avec des doses aussi Minnie, on va encore se faire Mickey.

- Le Stade Vélodrome de Marseille et le Vélodrome de Saint-Quentin-en-Yvelines transformés en vaccinodromes.

  Après les vétérinaires et les dentistes, les cyclistes.

  Le Gouvernement fait appel à tous les professionnels de la piquouse.

- Proverbe gouvernemental :

  Noël à six dans le salon, Pâques assis sur le balcon.

- Les enfants tout le temps à la maison.

  Poisons d'avril !

- Pâques : On n'a plus que nos œufs pour pleurer.

- Le vaccin anglo-suédois AstraZeneca rebaptisé Vaxebria.

  De la thrombose à la cirrhose.

- Les chats confinés jusqu'à la mi-août.

- Restrictions Sanitaires pour Pâques et déprogrammations dans les hôpitaux.

  Quid de lapindicite ?

- Page de Pub :

  Des Pâques, des Páques, oui mais y'a Pandémie.

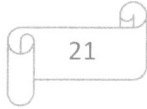

- Doit-on dire LE COVID-19 ou LA COVID-19 ?

  C'est ce qu'on appelle être à l'article de la mort ?

- Messe sans port du masque.

  Heureusement les enfants de chœur étaient protégés sous la soutane.

- Messe sans respect des gestes barrières.

  L'abbé nie.

- Messe sans masque :

  « Tout avait été désinfecté », selon l'Abbé Tadine.

- Campagne Vaccinale AstraZeneca et Campagne de Déclaration d'Impôts.

  Dans les deux cas, vaut mieux pas se faire piquer.

- Les élèves sanctionnés effectueront les colles à la maison.

- Le Vatican annonce que les religieuses seront vaccinées avec AstraZenecarmes.

- Après n'avoir eu ce cesse d'accélérer, la vaccination s'élargit.

  Elle mute aussi vite que le virus.

- Après avoir baissé, le chiffre des contaminations repart à la hausse dans les Hauts-de France.

  Il y a terril en la demeure.

- Loto test est en vente chez la Française des Jeux.

- Avec le couvre-feu, 2021 c'est l'an nuit.

- La réouverture des lieux culturels se fera progressivement en France.

  Dans un premier temps, seuls réouvriront les cinémas d'art et décès.

- Il faudra bien 3 injections pour le vaccin Pfizer-BioNTech.

  Et non pas 5 jets.

- Jean Castex veut faire vacciner Sheila à l'AstraZeneca devant les caméras.

  « Mais oui, mais oui, l'épaule, et fini. »

- La réouverture des restaurants n'est pas pour demain mais le slogan de la campagne de soutien à la profession est déjà prêt :

  « COVID ton assiette ! »

- Covid-19 : le variant indien détecté en Suisse.

  Voilà qui devrait ralentir sa propagation.

- Les mesures pour lutter contre l'arrivée du variant indien sont jugées insuffisantes par une majorité de Français.

  Que fait le Gouvernement? Il roupie?

- 20e Ann versaire de Loft Story.

  Des gens enfermés et filmés avant on appelait ça de la télé-réa ité.

  Aujourd'hui c'est de la réalité-télé : télétravail, télé-enseignement, téléconsultation et télévision.

- Pour aider le Gouvernement indien à faire face au nouveau variant, la France envoie sur place des spécialistes de l'Institut Curry.

- Les parcs à thèmes pourront rouvrir le 19 mai, mais sans attractions.

  C'est de l'attraction à vent.

- Interdiction d'ouverture des attractions dans les parcs.

  Des parcs anathèmes ?

- Les attractions resteront fermées dans les parcs, mais la magie sera toujours présente.

  Un tour de passe-passe sanitaire ?

- Les clubs libertins pourront rouvrir mais pas les discothèques.

  Décidément, ce déconfinement brûle les étapes.

- Les Italiens sortent un nouveau vaccin contre la COVID-19, à base d'ADN qui s'injectera par pistolet.

  C'est la mafia qui sera chargée de la Campanie vaccinale.

- Nouvelle interview du Professeur Montagnier.

  Pendant que nous redoutons une quatrième vague, lui divague.

- Covid-19 : Olivier Véran espère « retourner à la plage » en « novembre ou décembre ».

  Et uniquement pour ceux qui habitent à Porte Maillot ?

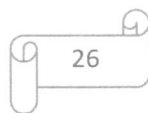

- Vastes communicants :

  Bonne nouvelle, grâce à la mort, le nombre de malades du COVID-19 en réanimation continue de baisser.

- Le variant bordelais gagne du terrain. Le Maire de Bordeaux, Pierre Hurmic, réagit :

  « Chais le regret de vous annoncer que tout ce que nous avons fait est resté vin. »

FAITS DIVERS ET VARIÉS

- Dans son émission Culture Médias sur Europe 1, Philippe Vandel a révélé que le petit-fils de l'indétrônable spécialiste météo Laurent Cabrol allait bientôt prendre sa suite.

  Ce sera la dynastie des Cabrolingiens.

- Selon le site gouvernemental drogues.gouv.fr, « depuis le premier confinement instauré en mars dernier, il y a eu une augmentation significative des consommations de substances psychoactives » (qu'en termes délicats ces choses-là sont dites !)

  Qui a dit qu'il n'y aurait pas de Festival de Came ?

- Fermeture des magasins de vêtements considérés comme non-essentiels.

  Déjà qu'il ne pouvait plus chanter, c'est la double peine pour Charlélie Couture.

- Roselyne Bachelot sortira prochainement un livre sur sa gestion des conséquences de la Pandémie de COVID-19 sur le monde de la Culture.

  Si le titre n'est pas encore connu, on sait déjà qu'il sera publié aux Éditions l'Art m'attend.

- Dans l'Essonne, nouvelle bagarre entre bandes de jeunes à Rixes-Orangis.

- Jamais à une bourde près, le Premier Ministre Jean Castex a parlé de la stratégie vaccinale de Madame Markhle au lieu de Madame Merkel.

  C'est sûr que pour piquer au vif, l'actrice américaine s'y connaît. Demandez à la famille royale britannique...

- Les jardineries restent ouvertes.

  Encore un succès pour gens du jardin

- Dujardin toujours.

    L'acteur incarnera encore une fois de plus Hubert Bonisseur de la Bath dans le prochain volet de la comédie OSS 117.

    Un autre film, historique et sans Jean Dujardin, est en préparation sur la Collaboration sous l' Occupation.

    On n'en connaît pour l'instant que le titre : « Aux SS, en vitesse ! »

- Les professionnels de la voyance n'avaient rien vu venir pour la pandémie de COVID-19.

    Ils songent désormais à l'après-voyance.

- Le monde de la Culture cherche ses propres solutions pour pouvoir reprendre son activité.

    Il se serait même adressé au Laboratoire Novartistes.

- En ce début de Printemps, quelques informations exclusives sur un homme au langage fleuri, Jason CHICANDIER.

Selon des indiscrétions, une biographie serait en cours d'écriture sur l'humoriste qui monte grâce à sa descente (de piste Bleu Métal).

Très intime, le livre aborderait, outre ses addictions, son aversion pour les allemands et son langage coloré comme un éthylotest de Polonais.

Le titre n'a pas encore été défini par l'auteur, sa compagne l'amère Ramirez, qui semble hésiter entre :

– L'argot Winch.

– Jason l'Argonaute.

– Monseigneur Goulot.

La photo de couverture est quant à elle déjà validée. On y voit Jason CHICANDIER, une fois n'est pas coutume, en costume et cravate de notaire.

Le bouquin sera publié aux Éditions d'Argot.

Et Pam ! C'est ça mon analyse.

- Les policiers bientôt prioritaires pour se faire vacciner.

  Pour une fois ce ne sont plus les malfrats qui vont se faire piquer.

- Les enseignants bientôt prioritaires pour se faire vacciner.

  Il leur sera administré la dose unique du Laboratoire américain Johnson & Johnson commercialisé en France sous le nom de « J'enseigne ».

- Espionnage de salariés chez Ikea : la justice a démonté un système bien huilé et s'apprête à donner un tour de vis.

- Petit déjeuner en classe.

  L'école materne, elle.

- Roselyne Bachelot sous oxygène et sous perfusion.

  Tout comme la Culture.

- Nombre de téléspectateurs en baisse pour le JT de 13h00 de TF1.

  Pernaut rit car depuis son départ les audiences en ont pastis.

- Alors qu'on le connaissait en Lexus, le journaliste de Radio Classique David a Biker a été aperçu circulant à moto.

- Stéphane Bern peste contre la fermeture des restaurants.

  Il ne peut plus déguster de canard laquais.

- Changement d'Eure.

  Bien que ce soit l'heure des taies nous avons dormit une heure de moins.

- Soutien financier à la Culture :

  « On attend toujours les virements » peste Jean-Michel RIBES.

- Éco lucci.

  C'est officiel, la famlle Empain reprend les magasins Boulanger.

- Égalité des chances.

  Sur Radio Caciques la matinale est présentée par Guillaume du rang.

- Les fouilles reprennent pour retrouver le corps d'Estelle Mouzin.

  Après avoir avoué le crime, l'Ogre des Ardennes Fourniret des détails.

- Quatre musiciens d'un ensemble polyphonique ont eu l'idée de chanter devant une quarantaine de bovins, dans une ferme laitière des Hautes-Alpes.

  Cette fois ça y est, les artistes sont sur la paille.

- Vikcy, Cristina, Barcelona…

  Le chanteur suisse, devenu célèbre dans les années 1970 pour ses tubes disco « Où sont les femmes? » et « I Love America » est décédé à Barcelone à l'âge de 70 ans.

  Les derniers mots de Patrick : « Juvet vous manquer ».

- Paon démis :

  Didier Raoult décoré par le Président Sall.

  Et bah bonjour l'hygiène !

- Pandémie Verte :

  Les autotests en vente à partir du 12 avril.

  Pour les moteurs qui toussent et les pots d'échappement qui crachent.

- Bernard T'as pris et son épouse, violentés cette nuit, lors du cambriolage de leur maison en Seine-et-Marne.

  Les malfrats n'ont pas pensé à creuser d'abord dans le jardin ?

- Le choc des photos.

  Bernard T'as pris et sa femme Dominique roués de coups.

  Bernard, on t'avait bien dit de tuméfié.

- Fermeture des clubs échangistes.

  Il n'y a plus que les vicieux pour pleurer.

- Confinements, cinémas fermés...

  Pour passer le temps Zahia se refait Sautet.

- Le Professeur Eric Laugerias de l'Hôpital de Cognac vient de publier une étude qui montre que les femmes en surpoids consomment plus d'alcool que les autres.

  Les Grosses Tètent

- Dîners clandestins.

  Pierre-Jean Chalençon donne les noms des Ministres présents dans les salons du Palais Vivienne :

  « Fouché, Tayllerand. Cambacérès, entre autres. »

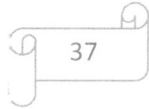

- Fin prochaine de la vague de températures hivernales.

  Des gels attendus.

- Le prince Philip, époux d'Elizabeth II, est mort.

  Le duc d'Edimbourg s'est éteint à l'âge de 99 ans, a annoncé ce vendredi le palais de Buckingham.

  Le Prince consort... les pieds devant.

- Lu sur plusieurs sites d'Informations : « Des ratés dans les écoles de Police. »

  Là y'a outrage M'sieur l'Agent !

- Projet d'attentat déjoué avant l'Euro 2016 :

  Condamné à vingt-quatre ans de réclusion, Reda Kriket, voulait se faire sauterelle.

- Condamné hier à 24 ans de réclusion, Reda Kriket a reconnu qu'il avait de nombreux projets d'attentats en tête.

  Il fourmillait d'idées ?

- Clan d'Estaing :

  On sait désormais que c'est avec le journaliste Alain Duhamel que Brice Hortefeux a déjeuné le 30 mars dans un restaurant clandestin.

  Chez les Duhamel, c'est inceste pour l'un et un zeste pour l'autre.

- Quoi de neuf Docteur ?

  Fuite des cerveaux.

  On a retrouvé du liquide cérébrospinal partout.

- Véolia va absorber Suez.

  Ça c'est de l'épuration !

- Nabilla remercie Youri Margarine d'avoir été le premier homme dans les spasmes il y a 60 ans.

- Benalla renvoyé en Correctionnelle.

  Ça pour correctionner, il s'y connaît l'Alexandre.

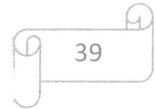

- Après de longs mois de lutte acharnée, Veolia parvient enfin à un accord pour racheter Suez.

  Alors, elle est poubelle la vie ?

- Bernard Madoff, auteur de la plus grande escroquerie financière de l'histoire, est mort en prison à l'âge de 82 ans.

  Il n'aura pas réussi à truquer la pyramide des âges.

- Le Groupe Danone crée la polémique, puis s'excuse d'avoir incité à boire de l'eau alors que le Ramadan commence.

  C'était de l'eau déviante ?

- Eau Minaret :

  Peut-on encore lire Boileau pendant le ramadan ?

- Polémique Évian :

  On n'a jamais Vittel acharnement.

- Violences sexuelles :

  Le Parlement adopte une loi fixant le seuil de non-consentement à 15 ans.

  Et pour les concertos en la mineur ?

- Carnet de Cheikh :

  Laetitia Hallyday s'est financée à Jalil Lespert.

- Nabilla remercie Léonard de Vinci pour l'invention du parking et des autoroutes.

- Monsieur Raoult est mort.

  Nos condoléances à la famille de l'ancien Ministre de la Ville.

  Pour le professeur, rassurez-vous, il va bien ?

  C'est juste sa réputation qui est morte.

- Malgré une union de façade suite au décès du Prince Philip, les Britanniques sont très inquiets pour l'avenir de la Royal Family.

Andrew est au fond du trou.

Harry se fait la belle.

William a maqué Kate.

Et Charles attend.

- Polémique Évian :

Y'a pas Perrier en la demeure.

Hépar d'un bon sentiment.

On ne sait pas ce qu'il s'est passé Quézac te ment.

Mais on en a entendu parler jusqu'à Volvic honte et au Mont-Roucous.

Les Badoit de l'homme ont-ils été bafoués ? Non.

Mais ça Cristaline les tensions.

On aurait pu les Vittel.

On ne pouvait Wattwiller que cela prendrait une telle ampleur.

Une plainte Contrex a été déposée.

Le plan Vichy pirate a été renforcé.

Les plaisanteries les plus courtes sont les Courmayeur.

Espérons que c'est la Vernière fois que cela arrive.

Prions Saint-Yorre, Saint-Amand et San Pellegrino pour que tout s'apaise.

Rozana au plus haut des cieux !

Cet épisode fera thermal à Evian.

Face à la connerie, Thonon le coup !

- Depuis le début de l'année, cinq internes se sont suicidés dans les hôpitaux français.

  Le Gouvernement réagit :

  « Ils étaient encore en période décès. »

- Lyon : Bagarre à coups de truelle sur le marché sauvage de la Guillotière.

  Le Maire écologiste Grégory Doucet réagit :

  « Faites le mur, pas la guerre » .

- Comme disait Marcel Marceau :

  « Dès que je rentre, je mimais ».

- PPDA présentera bientôt une nouvelle émission.

  Ex-lubrique.

- Thomas Pesquet n'a même pas embrassé sa femme avant de décoller pour l'ISS.

  Il avait mauvais alien ?

- Prises de bec au procès d'un propriétaire de perroquets au tribunal de Draguignan.

Le propriétaire d'une petite centaine de perroquets, jugé vendredi au tribunal de Draguignan pour plusieurs manquements et défauts d'autorisations, s'est défendu maladroitement :

« J'estime être en règle, à part pour cet ara de Macao ».

Une espèce protégée pour laquelle il n'a jamais obtenu les régularisations nécessaires depuis 1999...

C'est ce qu'on appelle se faire ara qui rit.

- Culture élémentaire :

On a récemment découvert que Nino Ferrer préparait, peu avant son décès, une comédie musicale sur Sherlock Holmes.

« Watson y'a le téléphon qui son... »

- Une récente enquête montre que, depuis son interdiction, le trafic de Glyphosate, désherbant hautement cancérigène, s'est largement développé.

  Espérons que les trafiquants se feront bientôt pincer.

- Réponse de la Grande Muette à la tribune des militaires.

  Carla Bruni devrait prendre la parole prochainement

- Tribune d'officiers dans Valeurs Actuelles.

  Ils se moquent des sanctions, ils sont déjà des gradés.

- Le 1er mai est devenu le jour des comings-out.

  Tout le monde se mue gay.

- Les intérimaires se sentent oubliés des plans d'aides depuis un an. Samedi, ils ont manifesté en scandant :

  « Macron des missions ».

- Bill Gates divorce.

  Toutes nos pensions vont à son épouse.

- À peine divorcé, le propriétaire de Microsoft aurait déjà retrouvé quelqu'un.

  Il ne se fait pas de bile, Gates.

- Divorce des Gates après 27 ans de mariage.

  Et combien de mises à jour ?

- Divorce de Bill Gates :

  Christian Clavier réagit : « Ça me touche beaucoup mais je souris quand même ».

- Belgique :

  Des chercheurs inventent une alternative au glyphosate à base d'huiles essentielles.

  Nos amis Belges ont enfin trouvé quoi faire de l'huile de friture.

- L'éventuel alignement, pas la Cour de Justice de l'Union Européenne, du régime des soldats sur celui des autres travailleurs ne changerait pas grand-chose.

  Ils n'auront pas non plus de parachutes dorés.

- En Amazonie, les scientifiques traquent les nouveaux virus enfermés dans la forêt depuis des millions d'années.

  On leur conseille plutôt la Sibérie pour trouver des vieux russes.

- Pour agrandir son terrain illégalement, un agriculteur belge repousse la frontière entre la France et la Belgique.

  Il a déplacé les bornes !

- Un agriculteur belge n'a pas hésité à déplacer la pierre qui servait de frontière à la France et à la Belgique depuis 1819.

  Mais où Wallons nous ?

- Mort du tueur en série Michel Fourniret.

  Il n'y aura heureusement pas de prochaine saison.

- Après la mort de Michel Fourniret, ils restent de nombreux dossiers à élucider.

  Vont-ils eux aussi être enterrés ?

- D'après plusieurs journaux américains, le divorce entre Bill et Melinda Gates serait lié à la proximité du milliardaire avec Jeffrey Epstein, et à des soirées très particulières :

  « Bill n'était en fait qu'un pédophile en trop. »

- Ligoté sur un champ de tir pendant un entraînement de l'armée de l'air, un jeune pilote de chasse, tout juste sorti de l'école, a vécu un véritable calvaire.

  Là, ils ont franchi le mur du con.

- Double meurtre dans les Cévennes.

  L'auteur s'était radicalisé en scierie.

- « Le cœur historique de Paris devrait être presque entièrement piétonnisé d'ici 2022. »

  Ils nous font marcher ?

- Le tueur des Cévennes toujours en cavale.

  La brigade cynophile engagée dans les recherches avec Lascie, chien fidèle.

- Nordahl Lelandais condamné à 20 ans de réclusion pour le meurtre d'Arthur Noyer.

  Et dans ses autres procès à venir, ce sera la Dax sur les violeurs ajoutée ?

- Fusion en vue entre TF1 et M6. On connaît déjà le nom du futur groupe :

  « Bouygues Télé-conne ».

- Indochine peine à remplir son concert test.

  Comme c'est Bigeard !

- Réouverture des théâtres.

  Tous les artistes remontent sur les planches, sauf un.
  Francis Cluster.

- Nabilla s'est réjouie de partir pour la Hollande quand on
  lui a annoncé qu'elle allait visiter le Chemin des Dames.

- Voilà, ce soir c'est 'Eurovision.

  Et comme d'habitude, on n'a plus de chance de
  remporter l'Euromillions.

- Eurovision : L'Histoire se répète.

  L'Italie a gagné. Et la France a perdu... la bataille de Pravi.

- Robert Marchand, plus vieux cycliste de la planète, est
  mort à 109 ans.

  Il avait pourtant passé l'Ascension mais a calé dans la
  Pentecôte.

Le coeur historique de Paris devrait être presque entièrement piétonnisé d'ici 2022.

Dans le Loiret, un enfant de 2 ans sauvé par sa couche après une chute de 4 mètres.

Pour faire face aux nombreux vols, les apiculteurs sont obligés d'équiper leurs ruches de balises GPS.

POLITIQUE FRANCAISE

- Après avoir prôné indirectement un confinement strict puis dit que tout nouveau confinement serait inhumain, elle va devoir faire avec, l'amère de Paris.

- A force de nous raconter des histoires, le Gouvernement s'est fait épingler par la Cour des Contes.

- Il a beau être Premier Ministre et gérer une pandémie, Jean Castex n'en oublie pas pour autant Ses anciens administrés de la commune des Pyrénées Orientales dont il était encore Maire il y a peu.

  Afin de changer les idées des habitants, et de les sensibiliser contre l'homophobie, il y organisera la prochaine Gay Prades.

- Gabriel Attal a déclaré ce matin au micro de RTL :

  « Cheveux préciser que les coiffeurs pourront rester ouverts. »

  Pour vous y rendre, sur l'attestation vous devrez juste préciser le mot « tifs ».

- La notice en 18 volumes de la nouvelle attestation sortira aux éditions Jean-Claude L' Atteste.

- Jean-Mar e Le Per a reçu hier à Rueil-Malmaison sa deuxième injectio du vaccin Panzer – Blond Ntech.

- Nouveau « dérapage » de Jean-Marie Le Per.

  Il aurait dit à son jardinier :

  « Je ne veux pas de bambous là ».

- Comme annoncé par Carla, Nicolas Sarkozy ne fera pas son retour en politique.

  Il se lance lui aussi dans la musique en devenant le nouveau leader du groupe « Les Innocents ».

- Véganisme et Lutte contre la Radicalisation.

  Marine Le Pen va demander que dans les cantines on ne serve plus de Maghreb de Canard.

- Présidentielle 2022. Éric Zemmour candidat ?

  Vu les sondages, ça ne vaut pas Le Pen.

- Angela Merkel tiendra une conférence de presse sur la situation en Allemagne.

  Elle s'exprimera sur Canal Prusse.

- Le Pape François inquiet d'une victoire de Marine Le Pen en 2022.

  Il va tiquant.

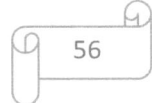

- Le Président du Modem lâché par Macron sur la proportionnelle

  Bayrou, Commissaire en plan.

- Olivier Véran confie ne pas se sentir bien dans ses baskets quand il voit le nombre de morts.

  Qu'il essaie des pompes funèbres.

- Après avoir dit que l' Union Européenne était prête à utiliser le vaccin russe, Thierry Breton a déclaré que « l'Europe n'aura absolument pas besoin du vaccin russe Spoutnik V «.

  C'est ce qu'on appelle le variant Breton ?

- «Je suis pour l'égalité des sexes et je prendrai toutes les mesures qui s'imposent « .

  A déclaré Elisabeth Moreno un mètre ruban à la main.

- Nicolas Sarkozy sélectionné pour le prochain match du XV de France.

  Il est spécialiste des démêlés avec la justice.

- En accord avec le nouveau slogan : « Dedans avec les miens. Dehors en citoyen », Gérald Darmanin nommé Ministre de l'Extérieur.

- François Bayrou revendique la paternité de l'écriture inclusive.

  « Maaaaiisss•eeeee ».

- Vacciné depuis bientôt une semaine, Jean Castex se porte bien.

  Il a dit – avé l'accent – être « Estra zen et calme ».

- Karachi : Léotard condamné.

  Va-t-il encore faire le mur ?

- Candidature de Michel Barnier à la présidentielle 2022.

  Si c'est comme pour le Brexit, il va encore l'avoir dans l'Union.

- Xavier Bertrand, candidat pour représenter la droite à la Présidentielle 2022, annonce qu'il créera 20 000 places de prison.

  Pas sûr que cela soit une bonne idée quand on a besoin du soutien de Nicolas Sarkozy.

- Présidentielle 2022 : Michel Barnier candide à l'Elysée.

- Bismuthation :

  Nicolas Sarkozy nommé Ambassadeur des Paul.

- On ne sait pas encore quand les restaurants pourront rouvrir mais on sait déjà qui annoncera la bonne nouvelle.

  Ce sera le porte-parole du Gouvernement : Gabriel à table.

- Frégates :

  L'absence d'Edouard Balladur au verdict du procès Karachi a fait couler beaucoup d'encre.

- Pakistan :

  Il se murmure que l'absence d'Edouard Balladur au verdict du procès de l'affaire Karachi était destinée à préparer un exil en Amérique Latine en cas de condamnation.

  Interrogé sur le sujet son avocat a laconiquement répondu : « Le Goître est malade ».

- Manuel Valls revient dans l'arène politique française sur la pointe des pieds.

  Le spécialiste du grand écart s'est mis à la danse classique ?

- Distanciation sociale.

  Les politiques de plus en plus éloignés des électeurs.

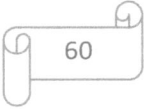

- Interrogé sur la stratégie sanitaire du Gouvernement, Olivier Véran a répondu :

  « Au pif ».

- Dîners Secrets à l'Elysée.

  Le Président Macron aurait reçu hier soir à dîner Richard Ferrand. Un dîner auquel se serait joint également Gérard Larcher.

  Les consignes sanitaires ont bien été respectées car avec le Président du Sénat ils étaient six.

  Vu qu'il mange comme quatre.

- Jean Lassalle, le retour.

  Le Béarnez de nouveau candidat en 2022.

- Déformation professionnelle.

  Xavier Bertrand dit qu'il va assurer en 2022.

- Financement de Campagne :

  Condamné alors que Balladur a été relaxé, Léotard pense qu'il l'a eu dans l'occulte.

- Moulin avant :

  Selon ses Cervantes, Sancho Panza qu'Hidalgo était la Don Quichotte de Paris.

- Comme disait Giscard à propos de 2020, juste avant de nous quitter : « Année morne ».

- Le Ministre de l'Intérieur Gérald Darmanin est omniprésent. Il est de tous les combats.

  Il se prend pour le Grand Condé ?

- Laurent Wauquiez traité de Clown par ses camarades LR.

  C'est Rhône-Alpes McDonald ?

- Le Laboratoire Servier condamné pour « tromperie aggravée. »

  Hollande s'inquiète…

- Nos beaux bars sont fermés.

  Ceux du Gouvernement, eux, coulent à flot.

- Le Président autorise les Français à s'isoler ailleurs que chez eux.

  Nos politiques adorent déplacer le problème.

- Jean-Marie Le Pen avait anticipé un nouveau confinement dur en faisant des stocks.

  Il adore le pain raciste.

- Gabriel Attal avait dit il y a quelques jours : «I y a une lumière au bout du tunnel «.

  Les plus de 95 000 morts de la COVID-19 qui l'ont vu ne pourront malheureusement pas nous le confirmer.

- Philippe De Villiers a 3 fils, et non pas comme on l'aurait cru six fils.

- Jean Castex dit qu'il souffre d'un déficit de notoriété auprès des français :

  « On doit me prendre pour quelqu'un d'autre. Tout le monde me dit bon week-end Pascal ».

- François Hollande dit regretter la fermeture des écoles.

  Parce qu'il ne pourra plus voir ses maîtresses ?

- Xavier Bertrand 2022.

  L'ancien agent d'assurance veut renforcer la Police.

- Manuel Valls dit vouloir jouer un rôle dans la campagne présidentielle 2022.

  Traître ou Expatrié ?

- L'ex-femme de Manuel Valls avait appris par la presse qu'il avait une liaison.

  Les proches d'Anne Gravoin se le disaient bien depuis longtemps déjà :

  « Avec Manuel, elle court à la cata l'Anne ! »

- Gouvernement :

  « On n'a jamais été aussi près de la sortie avec les vaccins. »

  Vu comme ils gèrent la campagne vaccinale, ils ne sont en effet pas loin de prendre la porte en 2022.

- Contaminé par la COVID-19 ?

  Le Délégué Général de la République en Marche, Stanislas guéri, nie

- Hollande candidat en 2022 ?

  Flan bis !

- Proverbe de Roselyne :

  « En avril ne découvre pas de films ».

- « Les professeurs seront vaccinés mi-avril ou fin avril ».
  Annonce de la Secrétaire d'État à l'Éducation Prioritaire,
  Nathalie Elimas hier soir sur Europe 1.

  Elle porte bien son nom pour gérer une campagne qui se
  traîne.

- Ziad Tiakeddine a passé un petit coup de fil à Paul Bis… à
  Nicolas Sarkozy pour Pâques.

  ZT : «Joyeuses Pâques Monsieur le Président. »

  NS : « Avoue aussi ! »

- Toi non plus tu n'as pas changé…

  Édouard Philippe joue l'ambiguïté sur sa candidature à la
  Présidentielle 2022.

  Ça nous rappelle quand, Premier Ministre, il parlait des
  masques et des tests.

- Philippe de Villiers a confié dans un entretien à La Croix, que son animateur télé préféré était Michel Sixmesses.

- Jean-Marie Le Pen est abonné à Mehdi à part.

- Le Président LR de la Région PACA veut que le Conseil Scientifique la ferme.

  Allez Renaud, Musèle-les !

- Débat sur la fin de vie.

  Jean-Marie Le Pen se dit pour l'État Nazi.

- 10 millions de primo-vaccinés.

  Jean Castex déclare : « On a teint l'objectif ».

  On le savait déjà qu'il maquillait les chiffres.

- Le Fou du Puy.

  Philippe De Villiers sur Europe 1 : « Macron ne voit pas que nous sommes face à un problème de colonisation ».

  C'est bien pour cela qu'il s'est séparé de Gérard Collomb !

- Les Balkany ont choisi de se confiner dans leur moulin de Giverny.

  Toujours à l'Eure pour brasser de la Monnet, ces deux-là.

- Marine Le Pen demande à ce que l'ISP, la nouvelle école d'Administration, soit placée dans son fief d'ENA-Beaumont.

- À la cata l'âne :

  Le Tribunal des comptes espagnol a relevé un dépassement des dépenses autorisées de plus de 70 % et près de 190 000 euros non déclarés, lors de la campagne de Manuel Valls pour les municipales à Barcelone, en 2019.

  À Barça, tout va bien.

- Philippe De Villiers critique Macron :

  « Comme on fait son lys on se couche. »

- Dîners clandestins :

  Interrogé sur la participation de son ami Hortefeux à des déjeuners clandestins, Nicolas Sarkozy a répondu :

  « Il nous les Brice menu ».

- Don Manuel :

  Avec l'ouverture du Puy du Fou España, Manuel Valls semble enfin avoir retrouvé un avenir.

  Reste à savoir dans quel rôle. Don Quichotte ou Jeanne La Folle ?

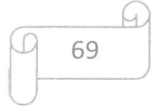

- Après ses propos sur l'aviation, la Maire de Poitiers s'expliquera demain au micro d'Hélice Lucet.

- Les procès pourront bientôt être filmés et diffusés.

  Nicolas Sarkozy est bien parti pour battre le record d'épisodes des Feux de l'Amour.

- Léonore Moncond'huy persiste et signe.

  Les opposants de la Maire de Poitiers l'ont pourtant toujours trouvée très Airbus de sa personne.

- Variant brésilien :

  Pour limiter les risques de contaminations, Jean Castex vient d'annoncer que toutes les places et rues Marcel Sembat de France seront rapidement débaptisées.

- La Maire de Poitiers précise :

  « Je ne crash pas sur l'aviation ».

- Marine Le Pen a une nouvelle fois dénoncé, avec morgue, une manipulation éhontée des chiffres de l'immigration après avoir entendu hier soir que la barre des 100 000 maures en France venait juste d'être dépassée.

- Un élu Vert de Vincennes refuse de voter une subvention pour des bateaux à voile.

  Déjà qu'à Poitiers ils étaient contre l'aviron...

- Accusés d'être des islamo-gauchistes, les Verts réagissent et refusent de voter des subventions pour les bateaux à voile.

- Un élu écologiste de Vincennes, refuse de voter une subvention pour un club de bateaux à voile, au motif de la pollution générée.

  Un conseil, faites attention à qui vous alizés.

- L'appel à l'insurrection de Philippe de Villiers en une de Valeurs Actuelles sera t'il entendu ?

  Pas si sûr pour l'échouant.

- Dans Valeurs Actuelles, Philippe de Villiers appelle à l'insurrection.

  Non mais tu croisade toi ?

- Les écologistes ne veulent plus subventionner les clubs de voile au motif que cela pollue.

  Ils n'ont vraiment pas le combat dans l'œil !

- Après avoir fait son grand retour à l'automne, Arnaud Montebourg a disparu des écrans radars.
  Sans pour autant démentir sa candidature en 2022, il a simplement répondu qu'il était très heureux de sa vie actuelle :

  « Oooooh l'abeille vie ! »

- Arnaud Montebourg c'est notre « Mad in France ».

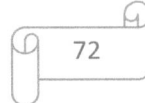

- Une ancienne Ministre de l'Éducation, tête de liste socialiste pour les Régionales en Auvergne-Rhône-Alpes, ne connaît même pas la Préfecture d'un des départements de la région qu'elle prétend pouvoir diriger.

  Tant va la cruche Vallaud, qu'à la fin elle se casse.

- Pour passer le temps en confinement, Jean Lassalle lit :

  « Harry Potier et le Prince de sang lié. »

- À un an de la Présidentielle, le Parti Socialiste se cherche encore un programme et un candidat.

  Patience, Olivier fore.

- Présidentielle 2022 :

  Cyril Hanouna, présentateur du débat d'entre-deux tours ?

  Tant qu'à voter pour des guignols, autant que ce soit présenté par un bouffon.

- La Poitevine Ségolène Royal apporte son soutien au Président sortant Alain Rousset pour les Régionales.

  Elle se prend pour l'Alliée Nord d'Aquitaine ?

- Charcutage Électoral :

  Pour lutter contre l'islamisme, Marine Le Pen demande l'interdiction du mouvement « Balance ton porc ».

- Philippe Desirest reste maire de Guignecourt, au nord de Beauvais… après avoir déménagé en Nouvelle-Calédonie.

  Pour les Îles Loyauté ?

- Risque de soulèvement militaire. Jean-Marie Le Pen réagit :

  « Ça ne me gégène pas. »

- Jeanne d'Arc et Marine c'est une histoire de voix.

  L' une les entend, l' autre les attend.

- Jeanne & Marine.

  L'une était bergère, et l'autre cherche des moutons pour aller avec ses brebis galeuses.

- Bien qu'investi par les Républicains pour les Régionales en PACA, le Président de région sortant, Renaud Muselier, s'allie avec la République en Marche.

  Décidément, les Renaud ne sont vraiment pas fiables.

- Jeanne d'Arc et Marine ont au moins un point commun, elles n'aiment pas se faire descendre.

- « Cabans, Pulls, Montres et Sacs : la Marine part à l'assaut de la Mode. »

  Une vraie facho victime !

- Ségolène Royal est candidate comme Sénatrice des Français de l'Etranger :

  « L'envie de représenter les expatriés vient c'eux ».

  Ce ne serait pas plutôt un « Désir d'revenir » ?

- Quand on voit l'état du PS quarante ans après l'élection de Tonton, on se dit qu'il n'est plus qu'un mythe errant.

- Jean-Pierre Raffarin : « Quand on a la chance d'avoir des Estrosi ou des Muselier, on leur fait confiance ».

  Pour trahir, assurément.

- Mitterrand était un amoureux des lettres.

  Et lorsqu'on lui demandait quel était son auteur préféré, il pointait, dans sa bibliothèque, Rimbaud d'un doigt rieur.

- François Mitterrand a très tôt rêvé d'accéder à l'Elysée :

  « Le Château-Chinon rien. »

- Sur la double vie de Mitterrand, on a déjà écrit des tartines.

  Mais pour sa fille, beurre ou Mazarine ?

- Commémorations de l'élection de François Mitterrand.

  Il aura droit à son petit Bousquet ?

- Quarante ans après, les militants socialistes – enfin, ceux qui restent – défendent toujours le bilan de François Mitterrand :

  « Le critiquer, ce n'est Papon. »

- Anne Hidalgo aurait dépensé 224 580 € pour un rapport sur la malpropreté à Paris.

  Et si on ajoute à cela la vue et l'odeur…

- Le Garde des Sceaux, candidat aux élections régionales dans les Hauts-de-France.

  Dupont-Moretti se voit déjà battre Marine Le Pen.

  Éric, c'est pas acquis, t'as tort.

- Jean Castex a annoncé la suppression du corps des préfets.

  Et il va leur dire en tête à tête ?

- Avec 3.800 euros par mois de retraite plus ses droits d'auteur, Luc Ferry n'arrive évidemment pas à vivre.

  Décidément, Luc fait rire.

- L'ancien Ministre des Affaires Étrangères, Laurent Fabius, s'inquiète de la victoire des indépendantistes écossais :

  « Qui va garder l'Écosse ? »

- Jean Lassalle, en roue libre, évoque à l'Assemblée Nationale les Députés et Ministres qui fréquentent les lieux d'échangisme.

  C'est vrai que nos politiques ont toujours aimé changer de parties.

- Selon Jean Lassalle, les Députés sont des habitués des clubs échangistes.

  Opposés à l'Assemblée mais cul et chemise en club.

- Anne Hidalgo serait positive à la COVID-19. Elle aurait perdu l'odorat et la vue et aurait eu besoin d'un rapport pour se rendre compte de la malpropreté de Paris.

- Il y a 30 ans, Edith Cresson était nommée à Matignon.

  Tout d'abord, il faut savoir qu'elle descend du Grand Connétable de France Bertrand du Mesclun.

  Quoi qu'on Endive. même si elle ne la Romaine pas trop, elle ne Mâche pas ses mots.

  A l'époque elle était victime de sexisme. Même les journalistes se mettait à genoux pour filmer ses jambes et voir si elle portait des Batavia.

  Au niveau de sa politique, elle avait le même programme que Coluche : « l' Épinard ça devrait être obligatoire ! » .

  Edith dit ne pas être nostalgique de cette période.

  Et toi, Laitue ?

  Hélas, depuis rien n'a changé. On nous raconte toujours des salades…

- Propos de Jean Lassalle sur les politiques et les clubs échangistes.

  Sarkozy aussi nous l'avait déjà dit : « J'échangeais. »

- Il paraît que Jean-Marie Le Pen, toujours bon pied bon œil, fredonne du Piaf sous la douche :

  « Non rien d'arien, oooh, que j'regrette les aryens. »

- Élections Régionales et Départementales.

  Pas moins de 5 Ministres sont candidats dans les Hauts-de-France.

  Quand on vous disait qu'ils représentaient la France d'en-haut.

- Sans transition.

  Écologie.

- Coronavirus :

  Philippe de Villiers affirme avoir guéri en buvant du pastis sur les conseils de Didier Raoult.

  Et depuis il est tRicard ?

- Le frère de Jean Lassalle, Julien sera tête de liste aux Régionales du Mouvement pour la Ruralité, en Nouvelle Aquitaine.

  Dans cette famille, Ils sont nez pour faire de la politique.

- Anne Hidalgo à la rencontre des commerçants qui se plaignent des perpétuels travaux dans la capitale :

  « En chantier de faire votre connaissance ».

- Lors de la manifestation des policiers, Jean Lassalle a pris Eric Zemmour dans ses bras, devant un Philippe de Villiers hilare.

  Jean, pourtant ça sentait le facho à plein nez.

- Nicolas Sarkozy revient dans les médias.

  Pour présenter le Bygmalion faible ?

- Pour montrer qu'il est toujours là, et pour aider Marine à payer ses dettes, Jean-Marie Le Pen sort un single :

  « Borgne to be alive. »

- François Hollande Candidat en 2022 ?

  C'est du flan !

- Gérald Darmanin confirme être papa d'un petit Maximilien depuis la fin du mois d'avril :

  « C'est déjà une petite Terreur ».

- Pour Gérald Darmanin, « le problème de la Police, c'est le manque de moyen de la Justice ».

  À peine papa, il a déjà refilé le bébé au Garde des Seaux !

MACRON

- Macron et sa gestion de la crise sanitaire :

  Couacs qu'il en coûte !

- Géographie :

  Macron de plus en plus coupé des Français.

  L' Élysée Reclus.

- Régime universel :

  Macron bat en retraite.

- Béat culpa.

  Pas de regrets pour Macron dans la gestion de la crise sanitaire.

  Et des re-morts ?

- Budget Étudiant.

  Le Président Macron a demandé à ses équipes de trouver des solutions pour aider les jeunes qui ont l'estomac vide.

  Des panses sanitaires en vue.

- Le Président prononcera une allocution ce soir à 20 h.

  A chaque nouvelle envolée des courbes sanitaires c'est le Président qui s'exprime.

  Macron, l'homme qui tombe à pics.

- Je ne sais pas si c'est à cause du nombre de morts mais je trouve Emmanuel Macron de plus en plus obséquieux.

- Alors que les déplacements interrégionaux sont interdits, le Président Macron a indiqué que ceux « qui souhaitent changer de région pour s'isoler pourront le faire durant ce weekend de Pâques ».

  Inciter à disséminer le virus pour changer d'air, c'est ce qu'on appelle la vacance du pouvoir ?

- Selon le Gouvernement, les enfants ne se contaminent pas à l'école, et on ferme les écoles.

  Toujours selon le Gouvernement, les enfants se contaminent à la maison, et on les garde à la maison.

  C'est sûr, c'est désormais Gribouille qui conseille Macron.

- Journée Mondiale de l'Autisme :

  Emmanuel Macron dans un centre de dépistage.

  Pas besoins de tests pour poser son diagnostic.

- Emmanuel Macron va annoncer aujourd'hui la suppression de l'ENA.

  Pour la remplacer par une nouvelle école d'administration.

  Quand y'en a plus, y'ENA encore !

- Suppression de l'ENA.

  Déjà que les vaccins n'étaient pas administrés...

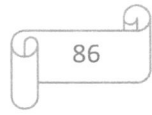

- Le Président Macron a promis la livraison de 13 millions de vaccins rien qu'au mois d'avril.

  Il se prend pour le Magicien Doses ?

- Président Épidémiologiste : Emmanuel Macron décide de tout, tout seul, et en se basant sur les chiffres.

  Il se prend pour D eudonnées ?

- Offensive sécuritaire d'Emmanuel Macron.

  Depuis Montpellier il a déclaré vouloir protéger tous les Français.

  Il se prend pour un super Hérault ?

- Le débat de la prochaine présidentielle pourrait être présenté par Cyril Hanouna.

  Pour Macron, ce serait vraiment « Touche pas à mon poste » .

- Suppression de l'ENA.

  Macron se justifie en disant que tous les énarques n'étaient pas des flèches.

- Espérance de vit :

  Macron sera t'il lui aussi bi centenaire ?

- Emmanuel Macron n'arrête pas de parler de doses.

  Les cons, ça dose tout !

  C'est même à ça qu'on les reconnaît.

- Hier, Macron s'est fait un petit noir en terrasse.

  Déconfinement ou… ?

- Emmanuel Macron a reconnu qu'il en avait marre du masque.

  Qu'il avance enfin à visage découvert alors !

- Soupe électorale :

  Macron en vidéo avec McFly et Carlito, ça fait un potache.

- Tribune d'officiers dans *Valeurs Actuelles*.

  C'est vrai qu'ils putschent un peu…

- Sanctions contre les militaires signataires de la tribune dans *Valeurs Actuelles* :

  Le Chef d'État-Major désarmé.

Une momie vieille de 2.000 ans découverte en Pologne.

Un célèbre jockey anglais arrête sa carrière pour cause de constipation récurrente.

A force de nous raconter des histoires, le Gouvernement s'est fait épingler par la Cour des Contes.

MELENCHON

- Le Leader de la France Insoumise, malade ?

  Jean-Luc Mélenchon a été détecté positif au test PC hier.

- Au front à gauche.

  Jean-Luc Mélenchon propose un front commun derrière sa personne.

  Un peu gauche pour espérer rassembler...

- Jean-Luc Mélenchon n'a pas participé à la réunion des gauches.

  Il a répété : « Je me présenterai à la présidentielle et j'irai jusqu'au bout. »

  Promis. Juré. Craché.

- Jean-Luc Mélenchon se prétend révolutionnaire.

  Mais il est bien plus dentier que Danton.

- Coco Français :

  Jean-Luc Mélenchon en déplacement en Amérique du Sud.

  « Toi et moi contre mon dentier! »

- Jean-Luc Mélenchon a parlé de créolisation ce la France.

  On va être envahis par les Roms ?

- Jean-Luc Mélenchon prédit un « événement gravissime pour la dernière semaine de la campagne présidentielle. »

  L'élection de Marine Le Pen ou la réélection d'Emmanuel Macron ?

- Jean-Luc Mélenchon se lance dans la voyance et les prédictions.

Sous le nom de Madame Iremarx.

- Le paquet de farine jeté sur Mélenchon a été retrouvé.

  C'était de la « Francine Soumise. »

- Mélenchon enfariné.

  Un digne successeur du Général Boulanger !

- Jean-Luc Mélenchon renonce à assister à la finale de Roland-Garros.

  Il aurait changé d'avis après avoir appris que les deux joueurs utilisaient des grands tamis.

- Mélenchon couvert de farine.

  Pour mieux montrer pâte blanche ?

- L'entourage de Jean-Luc Mélenchon reconnaît que le leader de la France Insoumise avait été averti d'une possible action contre lui :

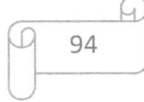

« Mais il n'en a pas cru mot. »

- Pas sûr qu'enfariner Mélenchon, était judicieux.

  Cela va lui donner du grain à moudre.

- Mélenchon, c'est comme la farine.

  Beaucoup préfèrent sans le son.

- Dans la presse Sud-Américaine, Mélenchon persiste et signe :

  « Je n'ai pris que de la farine, mais on aurait pu m'assassiner ! »

  Une forte allergie au gluten Jean-Luc ?

- Interrogé pour savoir si son récent enfarinage allait changer quelque chose à sa campagne, Jean-Luc Mélenchon aurait déclaré :

  « Je vais mettre le paquet ! »

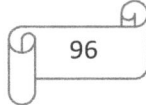

CULTURE & INTERNATIONAL

- L'abandon des chiffres romains dans certains musées n'en finit pas de susciter de très nombreuses réactions :

  Jean-Marie Le Pen : « Quelle excellente idée que l'abandon des chiffres roumains, n'est-ce pas ? »

  Nabilla : « Je like à fond. Ça me permettra enfin de savoir quel roi c'est Louis VUITTON. »

- Confinement de 4 semaines dans 16 départements à partir de demain soir.

  Les commerces non-essentiels vont devoir fermer.

  Mais il y a tout de même une bonne nouvelle, les libraires eux vont pouvoir rester ouverts.

  Cette fois-ci, ils ne seront pas les book-émissaires.

- Alors qu'Israël gère sa campagne de vaccination de main de maître, avec plus de 85 % de ses habitants déjà vaccinés, en France ce sont que murmures de lamentations.

- Rayon de 10 kilomètres.

  Les amoureux de la Petite Reine pourront aller jusqu'à Porte Dauphine.

- La Chine plus que jamais une Économie de Marché.

  Mao s'étouffe.

- Le Pape François s'interroge sur les conséquences de la Pandémie.

  Le Souverain Pensif...

- Histoire.

  De nouveaux manuscrits montrent que le Préfet de Judée ne savait pas quoi faire de Jésus.

  Pas sûr qu'il ait eu la bonne réponse Pilate.

- Écologie et Sexisme.

  Pour protéger les biches il faut lutter contre l'effet de cerf.

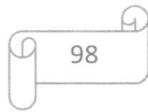

- Victor Hugo disait : « La liberté commence là où l'ignorance finit »

  On n'est pas près d'être libres…

- Dépôt de Liban : le pays peine à se relever.

- Pénurie de Vaccins :

  Brigitte Macron conseille Épicure.

- À Cid.

  Il paraît que Molière n'écrivait pas ses pièces.

  Il bâillait : « Ooooh Corneille ».

- Polémiques sur les commémorations autour de Napoléon.

  Tout ça n'ulcère à rien.

- Guerre Froide :

  Joe très bûche.

  Vladimir patine.

- Mobilisation générale de tous les soignants.

  Jacques Médecin exhumé ?

- Bastille :

  Des manifestants Arouet de coups Boulevard Voltaire.

- Histoire :

  Bien qu'il soit un homme à vannes Churchill fumait aussi des Winston.

- Hommage :

  Bertrand Tavernier a baissé le rideau.

  Plutôt que la solidarité avec les restaurateurs, cette fois-ci on aurait préféré la vie et rien d'autre.

- Célébrations Napoléoniennes et COVID-19.

  En 2021, on fête l'an pire.

- Commémorations Napoléon :

  Les uns valident, les autres rechignent.

- Amer rouge.

  Un cargo toujours coincé dans le canal en Égypte et le commerce mondial ralenti.

  Ils nous font Suez !

- La Conférence de Évêques de France dédommagera financièrement les victimes de pédocriminalité.

  On passera de la main au panier à la main à a poche.

- Rwanda :

  La France co-responsable mais pas coupable.

  C'est Hutu ou rien.

- Une nouvelle biographie de Louis XVI sortira prochainement.

  Elle devrait s'intituler : « Louis cède, du benêt frigide au bonnet phrygien. » Éditions Flemmarion.

- Jarnac du Siècle.

  Le Président Mitterrand interrogé à l'époque sur le génocide au Rwanda s'était contenté de déclarer :

  « Je ne suis pas au courant de Tutsi histoires. Je sais juste que les Hutu machette des armes. »

- Polémiques historiques.

  Le Gouvernement ne souhaite pas de grandes commémorations pour l'Empereur.

  Par souci d'équité, il n'y a rien non plus pour la Restauration.

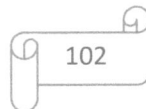

- Bison fuité :

  Quelle idée de passer par Varennes pour aller à Meaux de la Reine.

- Cargo bloqué dans le Canal de Suez.

  Bravo au pilote : « En plein dans le Nil ! »

- Canal de Suez :

  Luxor s'acharne.

- Canal de Suez : la tirade du Sid.

  Nous partîmes à fond mais par un coup du sort nous ne vîmes jamais l'arrivée au port (Saïd).

- Canal de Suez :

  Comme pour l'inauguration, l'Eugénie est sur place.

- Israël, vaccins contre données.

  Big Pfizer is watching you.

- Quand le canal est bouché c'est tout le commerce maritime mondial qui éternue.

  À vos Suez !

- Canal de Suez : la vétusté des moyens de secours mise en cause.

  Un responsable égyptien reconnaît que Sadate un peu.

- Canal de Suez :

  Le porte-conteneurs Ever Given a commencé à bouger et est à 80 % dans la bonne direction. Il faut être patient.

  Rien Nasser de courir.

- Suez encore : Le pilote de l' Ever Given reconnaît l'erreur humaine :

  « Pendant ma sieste j'avais laissé les clés au pâtre. »

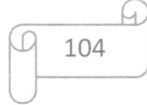

- Suez : Le temps presse pour les plus de 130 000 ovins coincés dans des bateaux.

  Les moutons en panne urgent !

- Ever Given bloqué dans la Canal de Suez, un témoin raconte :

  « Le cargo est parti dans l'échoue ».

- Suez.

  Encore un coup du FLNC Canal Historique.

- Canal de Suez débloqué, mais des embouteillages de bateaux, ces retards en série et des conséquences financières énormes.

  Une victoire à la papyrus.

- Pesticides.

  Pour les abeilles aussi, finies la betterave party.

- La Marche de l'Empereur :

  On sait ce que chantonnait Napoléon après ses victoires :

  « Eylau, le soleil brille brille brille. »

- Mauvaise gestion de la crise sanitaire.

  Salomon juge les torts partagés.

- Covid-19 : le tri des malades dans les hôpitaux, est une « ligne rouge absolue », affirme Bruno Le Maire.

  Ah bon ? Je pensais que le gouvernement avait déjà franchi le Rubicon.

- Car naval.

  Désormais les paquebots ne pourront plus accéder au centre de Venise.

  Une lagune enfin comblée.

- Mort de George Floyd. Le procès ouvert depuis lundi.

  Trump avait pourtant essayé d'étouffer l'affaire.

- L'Histoire est un éternel recommencement.

  Napoléon a eu un sacre cosy.

- Accusée d'irrégularités de gestion, la Maire de Nantes Johanna Rolland est sur la sellette.

  Bientôt la Révocation de l'Édile de Nantes ?

- La Maire Écologiste de Poitiers a déclaré : « Ces réflexions Moncond'huy à penser que l'Aérien ne doit plus faire partie des rêves d'enfants aujourd'hui ».

  Avant d'insister en annonçant la suppression des subventions municipales à deux aéroclubs.

  Elle s'est mis Martel en tête ?

- Pandémie oblige, le Pape François donnera sa bénédiction pascale en vidéo.

  Une bénédiction urbi et ordi.

- Terrorisme Municipal :

  La Mairie de Paris fera payer entièrement les activités périscolaires même si elles n'ont pas eu lieu.

  C'est la Daesh à la Mairie de Paris et c'est les parents qu'Irak.

- Nous nous sommes procuré les enregistrements des conversations dans le cockpit de l'avion d'Ethiopian Airlines qui s'est posé par erreur sur un aéroport en cours de construction.

  « Commandant vous êtes bien sûr que c'est là ? »

  « Je le zambien ».

- Tolé Enseignement.

  Les sites d'enseignement à distance et les ENT victimes « d'attaques informatiques apparemment venues de l'Étranger ».

  Ils étudiaient Camus ?

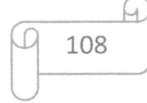

- Danse avec les Tsars.

  Grâce à la modification de la constitution russe signée récemment, Vladimir Poutine pourra rester confortablement au pouvoir jusqu'en 2036.

  Un Tsar cosy.

- Suiiiiiisse :

  En ces temps de fortes restrictions sanitaires, le Conseil Fédéral de Berne dit veiller à la santé physique emmental des citoyens helvètes.

- Mal accueillie en Turquie, ça ira mieux pour Ursula en Grèce.

- Provocations Turques :

  Qui est la tête de turc ? Erdogan, von der Leyen ou Michel ?

  Ça dépend comment on voile les choses.

- Ursula von der Leyen lors de sa visite à Recep Tayyip Erdoğan :

  « Ehm, où est-ce qu'il faut que je Mehmet ? ».

- Recep Tayyip Erdoğan : Divan le Terrible !

- La Présidence Turque répond à Bruxelles qu'il s'agissait juste d'une regrettable erreur de leur intendant Mustafa.

  C'est Mustafa qu'est mal…

- D'après une étude de l'OMS c'est en Suisse que les mesures barrières sont les mieux respectées.

  Quels voisins bien helvètes !

- École à distance :

  Le trop grand nombre de connexions simultanées a grandement compliqué l'accès aux ENT cette semaine.

  Une vraie lutte des classes.

- Mauvais accueil réservé à Ursula von der Leyen à Ankara.

  L' UE n'avait simplement pas réglé ses droits d'accise.

- Ursula von der Leyen à Paris.

  Pour visiter le Père Lachaise ?

- Au Brésil l'épidémie de COVID-19 flambe.

  Leur président samba l'œil.

- Manœuvres russes à la frontière Ukrainienne. BHL soutient les Ukrainiens.

  Avec Arielle Donbass ?

- Le littoral guyanais sera sous couvre-feu toute la journée de dimanche.

  Les habitants font part de leur Kourou.

- Toujours à la pointe, nos amis suisses innovent. Dans une nouvelle campagne publicitaire sur BFN, ils font appel à l'humour pour promouvoir les bonnes pratiques en ces temps de pandémie.

Quelques exemples :

« Lavez-vous Léman ».

« Aarau sur les fêtes ».

« Attend Sion aux personnes vulnérables ».

« Ne prenez de pas Zurich inutile » .

« Je Montreux l'exemple aux plus jeunes » .

« Pas de moral en Berne » .

« Genève voir personne à moins de 2 mètres ».

« Il ne Lucerne à rien de porter son masque sur la bouche »

« Du Bâle à respirer ? Ne tardez pas à consulter » .

« Si tu as Chaux-de-Fonds, prend ta température sans attendre » .

« Vevey me faire tester au moindre symptôme ».

« Thoune doit pas oublier d'aérer régulièrement ».

- Petits Suisses.

  Le Conseil Fédéral veille à l'éducation aux gestes barrières dès le plus jeune âge :

  « Les enfants, attention où vous mettez Vaudois ! »

- Opéra Pouffe :

  Alors que l'on demandait au Roi Ménélas ce qu'il faisait toujours à scruter la tête de la Belle Hélène, il répondit en chantant :

  « Je suis les poux de la Reine, poux de la Reine, poux de la Reine, poux de la Reine ».

- De nombreux français s'opposent à ce que le Musée d'Orsay porte le nom de l'ancien Président Valéry Giscard d'Estaing.

  Il faut rendre à Cézanne ce qui est à Cézanne.

- Malgré un taux d'incidence qui semble repartir à la hausse, nos voisins Suisses sont impatients de goûter de nouveau à une vie quasi normale à partir d'aujourd'hui.

  Les terrasses des bars et restaurants sont à nouveau ouvertes. Stades, salles de concerts, cinémas peuvent même accueillir du public.

  Il ne faut pas prendre l'Helvétie pour des gens ternes !

- Le principal opposant à Vladimir Poutine, en grève de la faim depuis trois semaines dans sa prison, va être transféré dans un hôpital carcéral.

  Pour faire mieux Navalny la pilule aux occidentaux en cas de décès?

- Ô Déby :

  L'armée tchadienne annonce la mort du Président Idriss Déby après des blessures reçues pendant des combats avec les rebelles.

  Ces derniers ne lui accordaient plus beaucoup de crédit.

- Tchad :

  Le désormais ex-Président Tchadien a pris un risque fatal en restant jusqu'au bout au plus près des combats.

  Il ne voulait pas qu'on dise qu'Idriss débine.

- Tchad'o :

  L'ex-président du Tchad Idriss Déby, devait faire face depuis 2016 à une rébellion armée.

  Ses opposants lui reprochaient de n'être N'Djamena.

- Héro hic!

  Le fils de l'ex-Président Tchadien Idriss Déby a rendu hommage à son père :

  « Il est mort en neuro ».

  Logique pour quelqu'un blessé au front.

- ENA et AstraZeneca même combat.

  Le nom change mais les effets secondaires restent.

- Deux cosmonautes russes et un astronaute américain ont décollé vendredi vers la Station Spatiale Internationale (ISS), un lancement honorant le 60e anniversaire de l'envoi du premier homme dans l'espace, Iouri Gagarine.

  Bye-Baïkonour !

- « L'Iran n'enrichit pas d'uranium à des fins militaires ».

  C'est en tous cas ce qu'affirment les Mollahs.

  Juré, craché.

- A Lupiac, dans le Gers, le Château de Castelmore, lieu de naissance du célèbre d'Artagnan, est à vendre :

  « Athos seigneur, tout honneur. Voilà un Richelieu qu'il vous faudra bichonner avec Constance.

  Quelques travaux seront nécessaires pour qu'il soit Aramis en état. Un architecte des monuments historiques a déjà Planchet dessus. Possibilité de vous conseiller quelques entrepreneurs Porthos.

  Les communs abritent notamment d'anciennes écuries pour les ânes d'Autriche. Ils vous permettront de découvrir la campagne environnante si vous n'êtes pas Tréville.

  Le domaine de Castelmore se compose encore de 65 hectares de Winter agricoles traversées par une voie ferrets.

  Prix ferme de 2,5 millions d'écus fixé par Monsieur du Mas.

  Contactez l'Agence Century XVII. »

- Arrestations d'anciens membres des Brigades Rouges en France.

  Écarlate Bruni se dit scandalisée.

- Tout va très bien…

  Lorsque Louis XIV répudie sa favorite Athénaïs, la Marquise monte et se pend.

- Une momie vieille de 2 000 ans découverte en Pologne.

  Y'a pas à dire l'alcool ça conserve !

- La momie égyptienne découverte en Pologne était enceinte.

  C'est la seule reconnue, au monde, avec un fœtus.

  Et c'est donc aussi la seule à être momie avant d'être maman.

- Israël : au moins 44 personnes meurent piétinées dans une bousculade géante lors d'un pèlerinage juif orthodoxe.

  En voilà encore qui ont foulé au pied le respect des gestes barrières.

- Macron dit que les Français doivent retrouver leur art de vivre.

  Et nos amis Allemands la fureur de vivre ?

- Macron dit que les Français doivent retrouver leur art de vivre.

  Et nos amis Espagnols une Franco folie ?

- Macron dit que les Français doivent retrouver leur art de vivre.

  Et nos amis Belges la frite ?

- Macron dit que les Français doivent retrouver leur art de vivre.

  Et nos amis Italiens la Duce Vita ?

- Macron dit que les Français doivent retrouver leur art de vivre.

  Et nos amis Luxembourgeois faire la tournée du Grand-Duc ?

- En 1809, lorsque Napoléon annonce son intention de divorcer à Joséphine, l'Histoire dit qu'elle s'évanouit.

  Mais ce que l'on ne nous dit pas, c'est que juste après avoir repris ses esprits, elle se mit à courir derrière-lui en criant :

  « Reviens Napoléon, j'ai les mêmes à La Malmaison ».

- Le journaliste Olivier Dubois, otage de terroristes affiliés Al-Qaïda au Sahel.

  Dans cette région, l'enlèvement de journalistes est vraiment une sale Mali.

- Culture :

  Aujourd'hui, tout est remis en cause. De l'Histoire aux dessins animés.

  C'est le fameux régime cancel ?

- Le 8 mai 1945, Eisenhower aurait dit :

  « Il nous les brise Dönitz ».

- Commémorations du 8 mai en Allemagne :

  Entre une jeune génération qui se demande ce que le passé a à voir avec eux, et une extrême droite nostalgique, on re-capitule hâtif.

- Cérémonies du 8 mai à l'heure de l'apéro et uniquement devant la télé.

  « Tu prends une bière Hakim ? »

- Heurts à Jérusalem.

  Les Israéliens sont d'humeur Mossad.

- Editho :

  Aujourd'hui, en France, on parle de Cresson.

  Au Proche-Orient, de Roquette.

- Le principal organisateur maintient les man festations pro palestiennes malgré les interdictions préfectorales et les conseils de ses amis marseillais :

  « Hé, t'y es fada! »

- Le Roi Sommeille.

  Louis dort.

- Louis XVI était timide et n'aimait pas faire de longs discours.

  C'était un sire concis.

- À Rostov-sur-le-Don, une dispute entre deux Russes sur l'œuvre du philosophe allemand Emmanuel Kant a tourné au drame lorsque l'un d'eux a tiré à deux reprises sur son interlocuteur, le blessant à la tête.

  Encore un philosophe à deux balles.

- Connaissez-vous le surnom de Marie-Antoinette ?

  La veuve Coupée.

- Un vol Ryanair, entre Athènes et Vilnius, a été détourné en Biélorussie pour arrêter un opposant au Président Loukachenko qui se trouvait à bord.

  L'Union Européenne réagit avec la plus grande fermeté : « Minsk alors ! ».

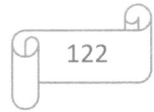

- L'iceberg le plus massif de l'Histoire s'est détaché de l'Antarctique Espérons qu'il sera de retour pour la rentrée des glaces.

- Avion détourné à Minsk. Les autorités biélorusses tentent de se justifier par une alerte à la bombe.

  « C'était pour éviter le crash & co ».

Une employée municipale d'Athis-Mons suspendue
après avoir revendu de faux certificats de vaccination.

> *Dans cette histoire, il n'y a bien qu'elle qui se soit fait piquer.*

Au Luxembourg, lors d'une interpellation musclée,
un policier a perdu son dentier.

> *C'est un condé sans dents.*

Polémique sur la place des langues régionales.
La classe politique unanime,
soutient la langue de Blois.

SPORT

- Les pronostics sportifs, c'est comme les sondages politiques.

  Il n'y a que ceux qui les font qui y croient.

- Dopage.

  Un vaccinodrome sera installé au Stade de France.

- Jean Todt, Président de la FIA qui organise le Championnat du Monde de Formule 1, aurait tenté de faire pression sur Olivier Véran pour éviter un reconfinement des Alpes Maritimes.

  Voici la retranscription de leur brève conversation :

  - Véran : « Je vous écoute. Jean, allez-y. »

  - Todt : « Olivier, pas Nice. »

- Rayon de 10 kilomètres.

  Richard Virenque crie que l'on pousse les amateurs de cyclimse à se doper pour emmener des braquets pareils.

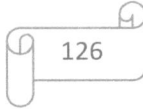

- Sport : Florent Manaudou qualifié pour les JO de Tokyo.

  Il a révélé que pour se motiver il écoutait du Diana Krall avant les compétitions.

- Culture Physique.

  Le Premier Ministre a annoncé une rallonge pour les intermittents.

  La FIFA et l'UEFA sceptiques.

- Qualification pour le Mondial 2022 :

  L'Équipe de France fait match nul 1-1 contre l'Ukraine.

  Didier déchante.

- Pas d'arbitrage vidéo lors de France-Ukraine.

  Joueurs et staff pas à VAR de commentaires.

- Rugby :

  Pour les troisièmes mi-temps en extérieur il faudra se limiter au pack de 6.

- Selon le Président de la Fédération Française de Rugby, interrogé quelques minutes avant le match, le XV de France avait la capacité de remporter le match et le Tournoi des 6 Nations.

  Au vu du résultat, on ne peut que lui dire :

  « Écosse toujours ».

- Pierre Menès se dit « au fond du trou. »

  Décidemment, même quand il fait amende honorable le naturel revient au galop.

- Cas de COVID-19 au sein du XV de France. Bulle sanitaire entrouverte :

  « Bernaaard, la porte ! »

- Rance 98.

  La vaccination a démarré lentement au Stade de France.

  En hommage à Thuram ?

- Le vaccinodrome se met en place au Stade de France.

  David Trèzaigu se chargera des injections.

- Performances en dents de scie de Neymar.

  C'est le variant Brésilien.

- Super League.

  Dix des douze clubs fondateurs se sont retirés face à la pression des joueurs, des supporters et des politiques.

  La Coupe est pleine.

- Rubis :

  Le XV de France Féminin fait aussi bien que les hommes en se classant à la deuxième place du Tournoi des 6 Nations.

  De là à dire que nos Bleues ont l'habitude de se faire plaquer, je préfère botter en touche.

- Neymar prolonge au PSG...

  Son arrêt maladie ?

- Neymar prolonge au PSG.

  Mais toujours à temps partiel.

- Le pass sanitaire sera obligatoire à Roland-Garros.

  Un nouveau revers pour les organisateurs du tournoi.

- Roland-Garros :
  Le passing-shot sanitaire sera obligatoire.

- Karim Benzema rappelé en Equipe de France de Football après plus de cinq ans d'absence.

  Didier Deschamps se met à la « Realpolitik ».

- Gérald Darmanin annonce « plus de bleu sur le terrain. »

  Didier Deschamps lui répond qu'il n'a pas le droit d'en mettre plus de 11.

- Depuis mercredi dernier, de nombreux français se sont mis au Rugby après avoir pris une bière en terrasse.

  Des demis-d'ouverture ?

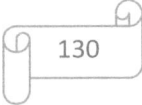

- Alors qu'il se voyait déjà champion, le PSG termine finalement à la deuxième place du Championnat de France de Ligue 1, derrière Lille.

  L'entraîneur parisien réagit : « On est tombé sur un LOSC ».

- Le Stade Toulousain remporte son cinquième titre européen, établissant ainsi un record.

  Toulouse devient la Capitole européenne du Rugby.

- Lille Champion de France de Football.

  Cyril Hancuna félicite Fabien Galthié au lieu de Christophe Galtier.

  Il est urgent de mettre Hanouna au ballon.

- Pour son retour en Equipe de France de Football, Karim Benzema n'a pas reçu le meilleur accueil à C airefontaine :

  « Cassette-toi pauv'con ! »

- Alors qu'il lui restait encore un an de contrat, Zinedine Zidane décide de quitter le Real de Madrid.

  Il est encore parti sur un coup de tête.

- Qui vient de remporter sa quatrième Coupe de l'UEFA ?

  C'est Emery, té !

- L'ancien entraîneur du FC Séville et du PSG remporte sa quatrième Coupe de l'UEFA.

  Il a vraiment une bonne étoile Emery.

- L'équipementier américain Nike révèle qu'il a rompu, l'été dernier, le contrat qui le liait, à titre personnel, à Neymar, car celui-ci se serait rendu coupable de tentative d'agression sexuelle sur l'une de ses employées en 2016 à New York.

  Ce dernier se défend :

  « C'était à cause de mon entorse, je ne voulais pas dormir sur la béquille ».

- Le Real de Madrid aurait demandé à Zidane de ne pas communiquer sur les raisons de son départ.

  Zizou aurait répondu : « Je ne vais pas me taire ainsi ! »

- Chelsea remporte la Ligue des Champions quatre mois après avoir changé d'entraîneur.

  Ils ont Tuchel jackpot !

- Le tournoi de tennis de Roland-Garros a débuté hier.

  Pour nombre de joueurs français, il s'est aussi fini hier.

- Karim Benzema très affûté à l'entraînement.

  Vu comment il a dû se faire tailler par ses coéquipiers...

- 100 ans de radio.

  Et presque autant pour Neymar.

- Zinedine Zidane avoue que le Directeur Sportif du Real Madrid a tout tenté jusqu'au bout pour le retenir :

  « Florentino paie, reste ! »

- Il n'y a jamais eu si peu de joueurs français au deuxième tour des Internationaux de France de Tennis.

  Pour arrêter l'hémorragie, le tournoi devrait-être rebaptisé « Roland Garrot ».

- L'Équipe de France de Football entame ce soir sa préparation pour l'Euro par un match amical contre le Pays de Galles, à Nice.

  Karim Benzema, très tranchant à l'entraînement, devrait être aligné en pointe.

  En espérant qu'il ne soit pas à couteaux tirés avec ses coéquipiers.

  Ni considéré comme une brebis galloise.

- La Ligue 1 de Football passera de 20 à 18 équipes à partir de la saison 2023-2024.

  Ça fera toujours quelques matches médiocres en moins.

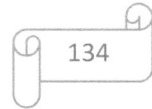

- La joueuse de tennis russe Yana Sizikova a été interpellée à Roland Garros jeudi soir. Soupçonnée de corruption, elle a passé près de 24 heures en garde à vue.

  C'est sûr qu'être battue par une joueuse française, ça éveille les soupçons.

- La Ligue 1 passera de 20 à 18 clubs en août 2023.

  La LFP s'explique :
  « C'est comme pour la victoire à 3 points, on veut limiter les matches nuls. »

- Federer abandonne en huitième de finale et fait l'impasse sur une possible victoire à Roland Garros.

  Il n'avait plus envie de cela Roger.

- Novak Djokovic a éliminé hier soir, en demi-finale, le tridécuple vainqueur de Roland Garros : Le Serbe s'explique :

  « J'avais faim de victoire. Pour gagner, j'ai crevé Nadal. »

- Novak Djokovic remporte Roland-Garros.

  Et pour Rafael, nada.

- Tsitsipás s'exprime après sa défaite en finale :

  « Que j' Athènes la finale, c'était déjà inespéré.
  Hellas, pour la victoire, ce ne sera pas pour cette
  fois-ci. »

- Le vainqueur de Roland-Garros, Novak Djokovic, revient
  sur son match :

  « Au début, il mène, hélas.

  Mais finalement j' hellénique. »

- L'Équipe de France de Football, accrochée par la
  Hongrie, fait match nul un partout.

  « On a eu magyar partir avec les Hongrois. »

- Je ne sais pas si cela est lié à l'Euro de Football, mais on
  note un retour du scorbut.

DSK

- DSK milite pour la réouverture rapide des lieux culturels.

  On le comprend, il a hâte d'exposer à la Pinacothèque.

- Égalitarisme.

  Interrogé sur le sujet, DSK s'est dit pour l'égalité d'échanges.

- Respects des consignes sanitaires :

  DSK contraint d'arrêter les dîners aux Chandelles.

- Conséquence de la crise, DSK entre redressement et liquidation.

- DSK sera interviewé aujourd'hui sur France Nympho.

- En cas de fièvre ou d'effets secondaires après une vaccination contre la COVID-19, le Docteur Strauss-Kahn vous recommande de prendre au choix : Efferalgland, Aspegicle, Nurofo_ne, Aspirpine, Sodoliprane.

- Un acteur disparu en 2020 manque particulièrement à DSK.

  Robert Obscène.

- DSK vous souhaite un bon jeudi sein.

- DSK suit toujours les nouvelles économiques.

  Sur France Info, il adore écouter les chroniques d'Emmanuel Cuny.

- DSK a cru qu'on lui rendait hommage quand il a entendu parler d'heureux porc des élections.

- Demain, DSK sera l'invité de Jean-Jacques Gourdin.

- DSK partage avec vous son menu de Pâques :

  En apéritif, Troussepinette de Vendée et ses canapés.

  — Pâté en croupe.

  — Gigot et ses flageolets au lait.

  — Fromage frais sur miches.

  — Pêche met le bas.

  — Corbeille de Fruits : Pomme, Poire, Abricot.

  Bordeaux et Bourgogne pour arroser le tout :

  — Château La Levrette.

  — Montre-cul.

  Liqueur de Gland d'Extrémadure pour le digestif.

- DSK s'est dit favorable à confinement strict malgré les conséquences économiques :

  « Tout le pays a la raie » .

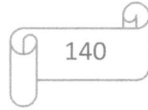

- Un nouveau vaccin du laboratoire DSK sortira prochainement sur le marché :

  AstiquaZenica.

- DSK s'est dit pour le report des érections :

  « C'est reculer pour mieux sauter ».

- DSK aurait exigé de recevoir plusieurs doses de vaccins AstraZeneca et de Janssen simultanément après avoir entendu dire qu'ils provoquaient des phlébites de cheval.

- Les victimes de DSK veulent se pourvoir en castration.

- DSK profite du confinement pour se refaire tout Sade.

  Et il ne parle pas de la chanteuse.

- Cours vite 19 : DSK s'est précipité dans plusieurs pharmacies pour acheter des autotests.

  Il avait hâte de jouer au docteur.

- COVID-69 :

  Le Dr. Strauss-Kahn vous recommande la Chloé rouquine.

- Le procès de DSK s'ouvrira à Castres.

- Avec le confinement, pour DSK aussi c'est la routine.

  Mytho, Porno, Sodo.

- Suisse :

  Désirant plus que tout retrouver une vie normale, DSK n'a pas hésité à passer la frontière Suisse pour profiter de la réouverture des restaurants.

  Il a été aperçu hier déambulant dans les rues à la recherche de falafels, à Sion.

- DSK a tellement envie de s'envoyer en l'air, qu'il a contacté Elon Musk pour faire partie du projet SpaceX.

- Con finement : Pour s'occuper, DSK lit toutes les aventures d'Harry Ploteur.

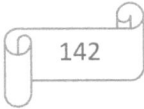

- Effets psychologiques des restrictions sanitaires : Le Docteur Strauss-Kahn vous recommande au choix :

  L' Exitalopram, le Stryptizol , le Feuotétine, l'Agomélapine, l'Analfranil, le Sexopram, le Sigroxa, le Xanal, le Sexomil.

- Non-respect des restrictions sanitaires dans un parc à Paris.

  DSK réagit : « Si on ne peut même plus aller aux Buttes… »

- DSK aussi se manifeste pour le 1er mai. Il a rendu hommage au BIT.

  […] Bureau International du Travail, chers amis.

  Quels esprits mal tournés !

- Anne Sinclair : « Quand j'avais des soupçons, Dominique les démontait toujours très vite ».

  On la croit sur parole.

- DSK présentera une version X d'un des programmes phares de M6 :

  « Labourée dans le pré. »

- En ce 6 Juin, DSK nous parle du D-Day :

  « Je n'aime pas trop le débarquement, je préfère prendre par derrière ».

- DSK est très content du retour des fortes chaleurs.

  Il va de nouveau pouvoir caniculer.

- DSK vous souhaite une bonne Fête des Paires.

- DSK est impatient de pouvoir passer son grand oral.

TABLE DES MATIERES

...à paraître très prochainement, le volume 2 de la saison 1 avec les meilleures brèves de l'été 2021.